VENTE DES LUNDI 6 ET MARDI 7 AVRIL 1903

HOTEL DROUOT, SALLE N° 10

A DEUX HEURES

COLLECTION A. LACOSTE

OBJETS DE FERRONNERIE

ET

DE CURIOSITÉ

IMPRIMERIE DE L'ART

COLLECTION

A. LACOSTE

CATALOGUE

DES

OBJETS DE FERRONNERIE

ET DE

CURIOSITÉ

ANTIQUITÉS ROMAINES, GAULOISES, MÉROVINGIENNES

ÉPÉES, LANCES, HACHES, TORQUES, BRACELETS,
FIBULES, ETC., EN BRONZE ET EN FER

**SERRURES, CLEFS, TARGETTES, VERROUX, HEURTOIRS,
MARTEAUX DE PORTE, ETC.**

DE TOUTES ÉPOQUES, DEPUIS L'ANTIQUITÉ JUSQU'A NOS JOURS

CRÉMAILLÈRES, CHAINES, CROCHETS,
OUTILS, COUTELLERIE, USTENSILES DE MÉNAGE ANCIENS

FLAMBEAUX ET BASSINS EN DINANDERIE

ARMES, BOIS SCULPTÉS, OBJETS DE VITRINE, ETC.

Formant la

Collection de feu M. A. LACOSTE

ET AYANT FIGURÉS EN PARTIE AUX SECTIONS RÉTROSPECTIVES DE L'EXPOSITION DE 1900

DONT LA VENTE AURA LIEU

HOTEL DROUOT, SALLE N° 10

LES LUNDI 6 ET MARDI 7 AVRIL 1903

à deux heures

COMMISSAIRE-PRISEUR	EXPERT
Mᶜ MAURICE DELESTRE	**M. HENRI LEMAN**
5, rue Saint-Georges	37, rue Laffitte

EXPOSITION PUBLIQUE

Le Dimanche 5 Avril 1903, de 2 heures à 6 heures

CONDITIONS DE LA VENTE

Elle sera faite au comptant.

Les acquéreurs paieront *dix pour cent* en sus des prix d'adjudication.

L'exposition mettant le public à même de se rendre compte de l'état et de la nature des objets, il ne sera admis aucune réclamation, une fois l'adjudication prononcée.

Paris. — Imp. de l'Art, E. Moreau et Cⁱᵉ, 41, rue de la Victoire.

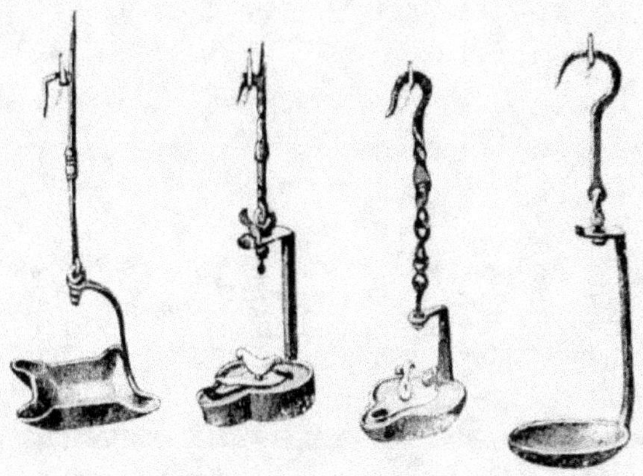

M. Lacoste peut être considéré comme le type du parfait collectionneur — du collectionneur infatigable et consciencieux qui s'intéresse également à toutes les branches de ce qu'on appelle la curiosité. Nulle recherche ne le trouve indifférent, il ne veut se cantonner dans aucun genre spécial et les époques les plus reculées se trouvent représentées dans cette charmante réunion d'objets intimes au même titre que les souvenirs des évènements les plus récents.

C'est ainsi que l'on trouve une curieuse série de bijoux en bronze de l'époque romaine et des temps mérovingiens : ils proviennent de ces antiques sarcophages en plâtre dont l'incroyable solidité a su préserver pendant de longs siècles les précieux témoignages que la piété filiale avait enfermés en même temps que la dépouille mortelle d'un être cher.

A côté de tous ses ornements, nous ne pouvions manquer de voir les armes dont les guerriers aimaient à se faire accompagner pour accomplir ce grand voyage qui jamais ne fut affronté sans terreur.

Cette période, presque préhistorique, est ici représentée par des lances, des piques, des pointes et, en cherchant, on trouverait peut-être bien quelques fragments de ces framées dont il est si souvent question dans les récits des temps mérovingiens.

Le haut Moyen-Age se trouve caractérisé par une paire d'anneaux en bronze du XIIe siècle, formés de têtes grimaçantes. Ce sont ces primitifs marteaux de portes qui étaient placés à l'entrée des abbayes, jouissant du droit d'asile et la tradition rapporte qu'il suffisait à un fugitif de saisir cette bienheureuse poignée pour être soustrait à la colère de ceux qui le poursuivaient.

Nous trouvons à côté de ces antiques heurtoirs quelques belles pièces de dinanderie : signalons entre autres un aquamanile formé d'un quadrupède dont la tête fantastique tient à la fois du lion et du cheval ; c'était autrefois de simples bouillottes dont on se servait pour faire chauffer l'eau sur les tisons ardents. La ville de Dinant, en Belgique, avait le monopole de cette fabrication dont bien peu de spécimens subsistent encore aujourd'hui.

Comme nous le disions plus haut, M. Lacoste s'est appliqué à rechercher les objets intimes ; tout ce qui touche au foyer, — ce symbole de la famille, — lui a paru digne d'être sauvé de l'oubli ; il a collectionné avec ardeur tous ces curieux ustensiles qui faisaient l'ornement des anciennes cheminées : nombreuses sont les pelles, les pincettes, les crémaillères dont quelques-unes remontent au XV siècle. A côté, se trouvent aussi quelques-uns de ces anciens soufflets en fer forgé formés d'un vieux canon de fusil : ces rudimentaires instruments sont analogues aux cannes dont les verriers se servent pour souffler les bouteilles.

Nous avons aussi aperçu quelques plaques de cheminées d'un modèle intéressant ; citons entre autres un contre-cœur orné de devises révolutionnaires dont on aurait peine à trouver le pendant.

M. Lacoste a été un amateur convaincu et sa foi dans le bibelot parvenait à persuader même les plus indifférents. Quand il faisait les honneurs de son musée installé au rez-de-chaussée de l'hôtel des Saints-Pères, la bonne grâce avec laquelle il montrait chaque chose et en expliquait l'utilité ou l'intérêt arrêtait le sourire sur les lèvres des sceptiques et beaucoup lui doivent leur initiation au culte du bibelot, qui est, certes, une des plus honnêtes passions et l'un des plus agréables passe-temps que l'on ait encore imaginé.

Fils de commerçant, et ayant lui-même fait l'apprentissage des affaires dans la vente des menus objets en fer employés dans le bâtiment et dans l'industrie, M. Lacoste avait conçu l'idée de retracer une histoire complète des ferrures de portes, heurtoirs, serrures et clefs, — ces dernières formant la majeure partie de sa collection. Suivant une formule consacrée, on peut dire que, « depuis les temps les plus reculés jusqu'à nos jours », la clef se présente ici sous tous ses aspects. Coquettement alignées sur des planchettes, nous voyons défiler de longues théories de clefs romaines et mérovingiennes ; les immenses clefs des serrures en bois du XIIIᵉ au XVIᵉ siècle sont aussi amplement représentées. La qualité se trouve aussi jointe à la quantité et il existe quelques jolis spécimens de clefs à balustres et à cariatides de la Renaissance, ainsi que des clefs de chefs-d'œuvre des XVIIᵉ et XVIIIe siècles qui étaient formées d'une poignée carrée entièrement ajourée et terminée par un panneton divisé en un nombre infini de lamelles de fer disposées comme les dents d'un peigne.

Dans cette collection spéciale, le côté historique n'a pas été négligé. Nous voyons, auprès d'une clef de la Bastille, — absolument authentique, elle porte avec elle tous ses papiers, — une autre qui a bien aussi son intérêt, c'est la clef de la cellule où M. Henri Rochefort fut enfermé à Sainte-Pélagie, et le grand polémiste a certifié l'authenticité de cette relique par une lettre autographe qui fait de cet objet une véritable rareté.

Nous ne pouvons passer en revue toutes les classes d'objets qui se trouvent représentés dans la collection de M. Lacoste. Citons cependant, en terminant, une curieuse série de lampes et d'appareils du luminaire renfermant des spécimens de toutes les époques, depuis les beaux porte-cierges gothiques du XVe siècle, jusqu'aux plus humbles lampes de mineurs accompagnées encore du crochet qui permettait de les fixer le long des parois des galeries de la mine.

Tous ceux qui s'occupent du bibelot doivent savoir un gré infini à M. Lacoste de ce qu'il a fait pour ce qui est devenu maintenant une des branches les plus importantes du commerce parisien. Il ne s'est pas contenté de sauver de la ruine une multitude d'objets intéressants ; il a, par ses conseils et ses avis, contribué puissamment à développer ce goût parmi les personnes avec lesquelles sa situation le mettait journellement en rapport.

Tout dernièrement encore, à l'Exposition Universelle de 1900, il a libéralement ouvert ses vitrines à ceux qui étaient chargés d'organiser les Musées Centenaux, et c'est pour une part, qui est loin d'être minime, que ce modeste collectionneur a contribué au succès de ce qu'on a appelé la plus grande manifestation du siècle.

HENRY RENE D'ALLEMAGNE.

DÉSIGNATION

OBJETS ANTIQUES

1 — Bandeau funéraire et un petit bracelet d'enfant
en or antique, trouvés à Chantelle-le-Château
(Allier).

2 — Epée, en bronze antique, en forme de feuille
lancéolée. Trouvée dans la Marne.

Long., 0 m. 54 cent.

3 — Petite lame de poignard en bronze antique. Le
talon de la lame est muni de deux rivets.

4 — Moitié d'un moule à haches en bronze.

5 — Lance en bronze antique, patine verte.

6 — Lances et haches de formes variées en bronze
antique.

7 à 10 — Bracelets, armilles, anneaux et masses
d'armes. Environ quarante pièces.

11 et 12 — Bracelets et anneaux en bronze antique.
Environ vingt-cinq pièces.

13 — Armille serpentiforme en bronze antique.

14 — Bracelet en bronze gravé à ornements géométriques. Belle patine verte.

15 — Joli bracelet en bronze gravé, à patine verte.

16 — Haches en forme de coin, à douille creuse. Faucilles et couteaux de formes variées.

17 — Anneaux, bracelets et fragments divers en bronze antique. (Fouilles de Pantin).

18 — Œnochoé à une anse en bronze antique.

19 — Prochous à une anse et à long col, en bronze antique.

20 — Passoire en bronze antique. Le manche est orné d'une tête de canard. Patine verte.

21 — Cuillères en bronze antique à longs manches terminés par des chénisques ; trois pièces.

22 — Miroir bronze antique. Disque épais en bronze antique ; deux pièces.

23 — Strigile en bronze. Osselet en plomb, et trousse à dents et à oreilles, en bronze.

24 — Petites clochettes en bronze antique.

25 — Instruments de chirurgie, strigiles, spatules, épingles de coiffure, en bronze antique.

26 à 28 — Importante collection de haches, scramasax, couteaux, lances, angons, et objets divers, en fer de l'époque mérovingienne et provenant des cimetières de l'Aube.

29 — Boucles, fibules, crochets, agrafes, passe-lacets, épingles, etc., provenant de sépultures mérovingiennes et gallo-romaines.

30 — Collection de bagues-clefs en bronze antique.

31 — Bagues diverses, dont une partie trouvée dans la Seine au Pont-Neuf.

32 — Boucle mérovingienne en bronze gravé.

33 — Fers à cheval et éperons.

34 — Hipposandales en fer provenant de Châlons-sur-Marne.

35 — Ceinturon étrusque, muni de deux agrafes ciselées. Bronze antique

36 — Haches, grattoirs, couteaux, etc., en silex, et Os gravés, de l'époque préhistorique.

FERRONNERIE [*]

ET OBJETS DIVERS

37 à 40 — Très importante collection de clefs en
bronze et en fer, des époques gallo-romaine et
mérovingienne.

40 à 46 — Importante collection de clefs en bronze
et en fer de toutes les époques.

47 — Collection de gaufriers.

48 — Seize clefs en fer, à anneaux ciselés et ajourés,
XVIIe et XVIIIe siècles.

49 — Clefs et outils en fer. Six pièces.

50 à 53 — Importante collection de clefs, passe-par-
tout, trousses, etc., en fer, bronze et cuivre
des XVIe, XVIIe, XVIIIe et XIXe siècles.

54 — Clef antique en fer. La poignée en bronze est
en forme protome de lion sortant d'un fleuron.

---

* La plupart de ces objets de ferronnerie sont fixés sur des planchettes en bois ciré, et réunis par époques ou par genres, ils sont
ainsi présentés avec beaucoup de goût.

Les lots seront divisés.

55 — Clef à panneton à peigne. L'anneau est en forme de balustre quadrangulaire ciselé et repercé, reposant sur une rosace ajourée. Canon court et uni surmonté d'un socle ajouré et mouluré. XVIe siècle.

56 — Clef à panneton en forme de peigne. L'anneau est formé par un balustre quadrangulaire ciselé et repercé, reposant sur une rosace ajourée. Le canon est uni et court, et surmonté par un chapiteau mouluré. XVIe siècle.

57 — Clef à canon cannelé, surmonté d'un chapiteau feuillagé sur lequel repose l'anneau formé de deux dauphins affrontés. XVIe siècle.

58 — Clef à canon uni. L'anneau est formé de rinceaux repercés à jour. XVIIe siècle.

59 — Clef à canon en forme d'as de pique. L'anneau se compose de deux chimères adossées. XVIe siècle.

60 — Clef à canon uni. Large anneau ajouré orné d'une fleur de lys. XVIIe siècle.

61 — Clef en fer. L'anneau repercé orné de rinceaux et de draperies. XVIIIe siècle.

62 — Clef en fer. Anneau ciselé et repercé à rinceaux et vase fleuri. XVIIIe siècle.

63 — Clef en fer, canon uni. L'anneau orné de feuillages. XVIII° siècle.

64 — Clef en fer; canon à section triangulaire, anneau feuillagé reposant sur un chapiteau corinthien. XVI° siècle.

65 — Quatre clefs montées sur un même cylindre formant l'anneau. Orné à ses extrémités d'une croix de la Légion d'honneur aux trois fleurs de lys, et d'un monogramme surmonté d'une couronne. Époque de la Restauration.

66 — Verrou en fer, en forme d'F couronné. Provient du château de Chambord. XVI° siècle.

67 — Verrous et targettes en fer découpé. XVI° et XVII° siècles.

68 à 70 — Verrous, poignées de portes et appliques en fer ciselé et découpé, des XV°, XVI° et XVII° siècles.

71 — Pentures et gonds de portes en fer ouvragé.

72 — Pentures et écoinçons en fer repercé à jour des XV° et XVI° siècles.

73 — Heurtoirs et marteaux de portes.

74 — Targettes, verrous et écoinçons en fer provenant de fenêtres. xv⁰ et xvi⁰ siècles.

75 — Plaque de serrure de coffre, à ornements gothiques. xve siècle.

76 — Série de verrous en fer repoussé. xvie siècle.

77 à 80 — Serrures, poignées de portes, appliques, etc.

81 — Heurtoir en forme de lion. xvie siècle.

82 — Deux heurtoirs, l'un en forme de cheval, l'autre en forme de dragon. xve siècle.

83 — Heurtoirs en forme d'animaux. xve siècle.

84 — Grand heurtoir en forme de dauphin. xvie siècle.

85 — Heurtoirs et marteaux de portes en fer forgé en forme d'animaux. xve et xvie siècles.

86 — Marteau de porte en fer ciselé à pans, terminé par une pomme de pin. Plaquette d'attache formée de feuilles d'acanthe. xviie siècle.

87 — Marteau de porte en fer ciselé, représentant deux dauphins affrontés séparés par une tête de silène. Plaque d'attache en fer repoussé et repercé, décorée d'une cariatide et de rinceaux, feuillagés. xviie siècle.

88 — Marteau de porte en fer. La plaque d'attache est ornée d'un monogramme formé par des lettres découpées. xviie siècle.

89 — Plaques de portes, et entrées de serrures en
    fer découpé.

90 — Grilles provenant de guichets de portes. xvi^e
    siècle.

91 — Petite grille cintrée en fer forgé, à décor de
    rinceaux et orné d'une hallebarde et d'une
    échelle disposées en croix. xviiie siècle.
    — Plaquette en fer offrant un monogramme en
    lettres découpées.

92 — Collection de cadenas de formes diverses. En-
    viron quinze pièces.

93 — Un lot de cadenas de formes diverses.

94 — Boutons de porte en bronze doré ; têtes d'ani-
    maux en bronze doré et ornements divers. En-
    semble dix pièces.

95 — Deux branches de fleurs et de feuilles en fer
    forgé.

96 — Plaque en fer découpé et gravé à décor de
    rinceaux feuillagés. xviie siècle.

97 — Coffret rectangulaire en fer, ciselé et repercé
    à décor d'ornements gothiques, serrure à
    double moraillon. xve siècle.

        Long., 0 m. 33 cent.; larg., 0 m. 24 cent.

98 — Coffret en cuir garni de fer : serrure à mo-
raillon en forme de serpent. xve siècle.

99 — Plaque de coffret en fer, à décor de fenestrages
gothiques. xve siècle.

100 — Plaquettes de coffrets en fer gravé et damasquiné. xvie siècle.

101 à 103 — Coffrets ou troncs de diverses
époques.

104 — Tronc en fer.

105 — Grand coffre de voyage en fer, avec serrure
à pènes multiples. xviie siècle.

Haut., 0 m. 42 cent.
Long., 0 m, 87 cent. ; larg., 0 m. 42 cent.

106 — Support applique en fer forgé et découpé,
garni de crochets de suspension et orné des
instruments de la Passion.

107 — Potence en fer. à laquelle est suspendue une
clef servant d'enseigne. xviiie siècle.

108 — Enseigne en fer doré en forme d'écusson.
Roue dentelée surmontée d'une couronne et
soutenue par deux lions dressés. 1802.

109 — Très grande crémaillère en fer forgé à ornements formés de fleurs de lys.

110 — Deux crémaillères en fer gravé.

111 — Très grande crémaillère en fer gravé.

112 — Grille en fer forgé ornée d'un monogramme
et de rinceaux. XVIIIᵉ siècle.

Haut., 0 m. 90 cent.; larg., 1 m. 90 cent.

113 à 114 — Plaques de foyer en fonte à décor
d'armoiries et de personnages. L'une d'elle
est décorée d'emblèmes révolutionnaires.

115 — Chaîne composée de plaques de fer munies
de piquants. XVIIᵉ siècle.

116 — Pilori en bois avec chaîne d'attache et collier
en fer, provenant de la geôle de Pontoise. XVIᵉ
siècle.

117 — Chaînes d'attaches en fer forgé.

118 — Clefs provenant de la prison de la Bastille ;
de la prison de l'Abbaye. Serrure d'une cellule
de la prison de Mazas.

119 — Clef de la cellule de la prison de Sainte-
Pélagie où Henri Rochefort était incarcéré
en 1870. Avec lettre autographe du célèbre
écrivain.

120 — Serrure à pênes multiples. XVIIᵉ siècle.

121 — Serrure en bois, avec sa clef en fer ajouré.
XVIᵉ siècle.

122 — Outils de bûcheron en fer.

123 — Paire de chenets en fer forgé.

124 — Potence en fer forgé avec couronne de suspension munie de crochets.

125 — Crochet à viande en fer forgé.

126 à 128 — Balances, crémaillères, chaînes et chaînons des XVe au XIXe siècles.

129 — Deux supports-appliques en fer forgé à ornements ajourés.

130 — Bougeoir extensible en fer articulé, monté sur un grand support à trois pieds.

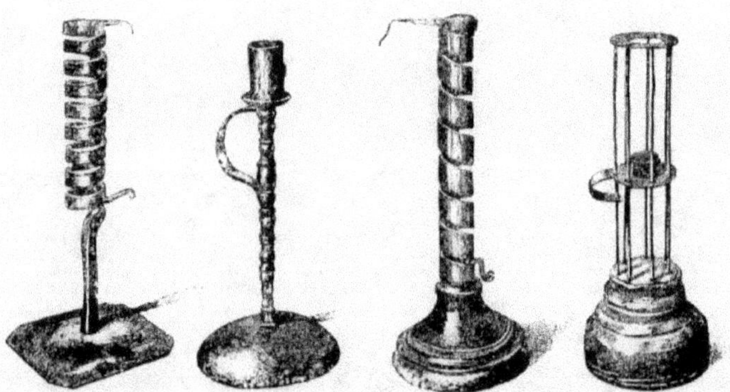

131-132 — Flambeaux à hélice en fer forgé.

133 à 135 — Porte-cierges et flambeaux d'applique en fer forgé, des XVIe, XVIIe et XVIIIe siècles.

136 à 138 — Lanternes en cuivre, éteignoirs, bougeoirs, etc. XVIIᵉ au XIXᵉ siècles.

139 — Éteignoir en fer à branches articulées.

140 — Outils à coiffer. XVIIᵉ et XVIIIᵉ siècles.

141 — Chandelier de forme conique, en fer blanc, peint en bleu avec les lettres T^{tres} R^x surmontées d'une couronne. Provient de la Rampe du Théâtre du Château de Versailles. Époque Louis XVI.

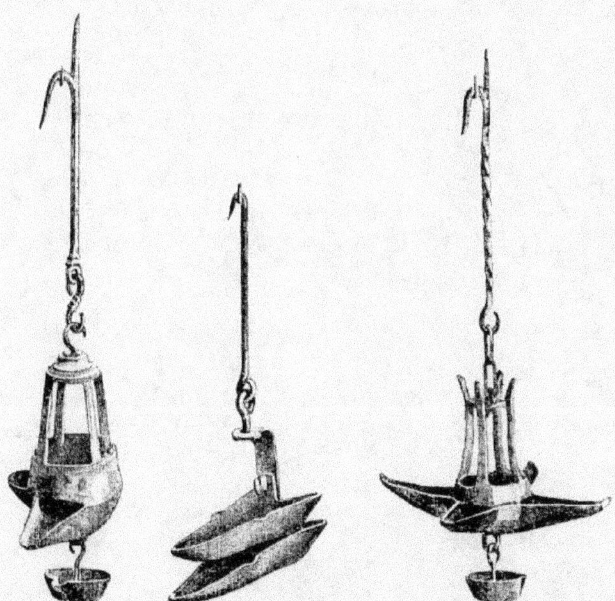

142-143 — Lampes portatives en fer, et en cuivre.

141 à 146 — Collection de petits réchauds, brûle-parfums, modèles de chenets et de landiers.

147 à 150 — Lampes, lanternes et bougeoirs de formes variées et de diverses époques.

151 — Fers à repasser en fer et en cuivre, et supports à fers.

152 — Collection de pelles à chaufferettes.

153 — Cuillères, écumoires en cuivre et en étain.

154 — Bougeoirs et lampes à huile en cuivre.

155 — Collection de cuillères et fourchettes.

156 à 160 — Crécelle en fer, compas, mouchettes, forces; hachette, compas et règle en fer; crochets à viande, grils; louches, écumoires, bassinoires, ustensiles de cuisine anciens.

161 — Enseigne de serrurier en fer forgé, composée d'une potence à laquelle est suspendue une clef retenue par un nœud de rubans. Époque Louis XVI.

Haut., 55 cent.

162 — Grosse clef servant d'enseigne en fer doré. XVIIIe siècle.

163 — Deux anneaux de portes, formés d'une tête de lion de style archaïque, bronze. XIIe siècle.

164 — Aquamanile en forme de lion dressé sur ses
pattes. L'anse est formée par un dragon.
XIIIe siècle.

165 — Marmite à deux goulots ornés de têtes d'animaux. Les attaches de l'anse sont formées par
des bustes de femmes. Dinanderie. XVe siècle.

166 — Petite marmite à trois pieds en bronze, à
décor de fleurs de lys. XVIe siècle.

167 — Paire de flambeaux porte-cierges en dinanderie, décorés d'ornements ajourés. XVe siècle.

168 — Paire de flambeaux porte-cierges à tiges
balustres et à bases circulaires. Dinanderie.
XVIe siècle.

169 — Petite lampe juive à six lumières et trois
porte-bougies.

170 — Grand plat circulaire en cuivre, orné d'inscriptions et d'un sujet repoussé, représentant
Saint Georges terrassant le dragon. XVe siècle.

171 — Grand plat circulaire en cuivre, à décor de
feuillages et d'inscriptions. XVe siècle.

172 — Porte-cierge en cuivre champlevé, à trois pieds
mobiles se repliant les uns sous les autres.
XIIIe siècle.

173 — Mortier en bronze à décor de fleurons.
XVIe siècle.

174 — Petit mortier en bronze à deux anses carrées. XVIe siècle.

175 — Mortier en bronze, daté 1640.

176 — Marmite à trois pieds en bronze. XVe siècle.

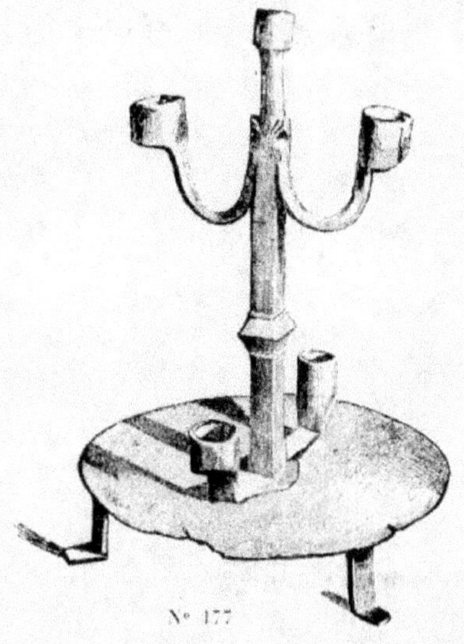

Nº 177

177 — Flambeau en fer à cinq lumières, dont la disposition rappelle la crucifixion. XVe siècle.

178 — Support à trois pieds en fer forgé, et bassin en cuivre à décor de godrons.

179 — Paire de torchères en fer forgé, à décor de
larges rosaces gothiques et ornées de têtes
d'animaux. xvᵉ siècle.

Haut., 1 m. 10 cent.

180 — Paire de chenets en fonte, à décor de personnages. xvᵉ siècle.

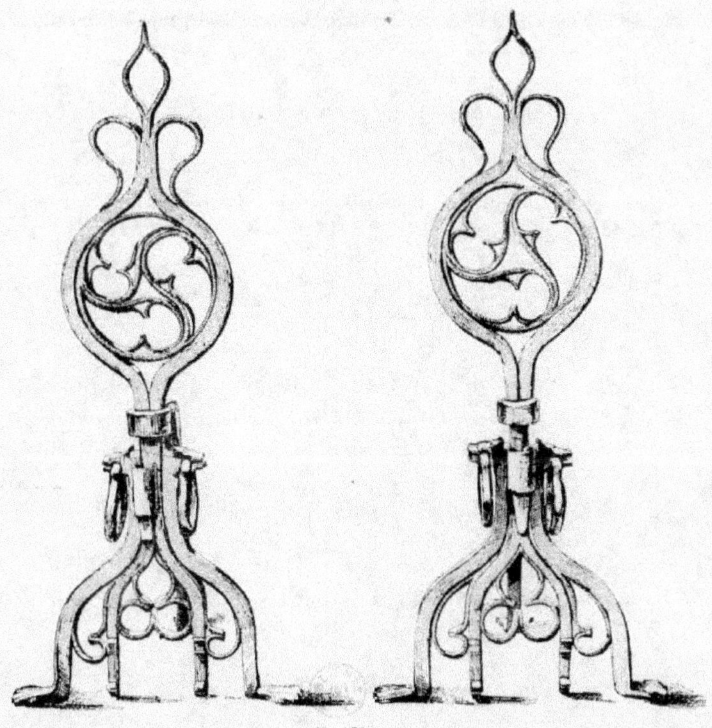

N° 179

181 — Soufflet en fer, formé d'un tube creux et ondulé. XVI⁰ siècle.

182 — Christ en bronze, XV⁰ siècle, posé sur une croix en fer.

183 — Quatre croix, avec figures du Christ. Fer et bronze.

184 — Statuette en bronze, de personnage barbu, debout, les bras avancés. XIV⁰ siècle (?).

185 — Insignes, en fer et en cuivre, de confréries de serruriers.

186 — Collection de soldats de plomb, d'après un modèle ancien.

187 — Vingt-huit moules à médailles en étain, aux effigies des rois de France.

188 à 190 — Importante série d'outils, poinçons, pinces, tire-bouchons, briquets, crochets, etc. XVII⁰, XVIII⁰ et XIX⁰ siècles.

191 — Collection de couteaux, cuillères, fourchettes de diverses époques.

192 — Compas, filières, pinces, roulettes à festonner, ciseaux, pipes, etc.

193 — Pince extensible, à branches articulées.

194 — Petit édifice quadrangulaire en fer, surmonté d'un toit conique.

195 — Modèle de porte-pelle et pincettes, avec accessoires.

196 — Pommeau de canne en fer ciselé, orné au pourtour d'une ronde d'enfants. XVIII° siècle.

197 — Ceinture de chasteté, composée de plaques de fer articulées et fermant au moyen d'une double serrure à crémaillère. XVIII° siècle.

198 — Sept cachets en fer ou cuivre, avec inscriptions, monogrammes ou ornements gravés.

199 — Trois presse-papiers en fer et un presse-papier en bronze représentant un chien couché.

200 — Trois petits supports en fer ouvragé : l'un muni de crochets, les deux autres ornés de deux tablettes repercées.

201 — Petit modèle d'autel en fer, orné d'une statuette de vierge et surmonté d'une croix.

202 — Grosses têtes de clous en fer provenant de la décoration d'une porte. Espagne. XVII° siècle.

203 — Deux grosses feuilles en bronze. Appliques de portes.

204 — Porte en chêne, ornée de bossettes, d'un
marteau de porte, d'entrée de serrure, d'un
guichet grillé et de pentures en fer gravé.
XVII siècle.

205 — Manche de hochet en bronze doré terminé
par un sifflet. XVI siècle.

206 — Deux briquets dont un en fer damasquiné.
XVII siècle.

207 — Couronne en bronze doré ornée de palmettes
émaillées et de pierres de couleurs.

208 — Couteau à pain fixé sur son plateau en bois
sculpté. XVIII siècle.

209 — Boîte à sel en bois sculpté. XVIII siècle.

210 — Presse-viande Louis XIV en bois sculpté.

211 — Moulin à café, orné de plaques en fer repoussé. XVIII siècle.

212 — Moulin à café en bois sculpté. XVIII siècle.

213 — Modèle de brûloir à café.

214 — Ancien rouet, bois sculpté.

215 — Ustensiles de pharmacie en étain.

216 — Gong chinois et son marteau.

217 — Grosses clochettes de muletier.

218 — Théière en étain, à goulot en forme de tête de lion.

219 — Deux bouillottes en cuivre rouge.

220 — Ancien parapluie, l'armature en fer et en baleine est recouverte de cotonade bleue.

221 — Arbalète à rouet, garnie de ses accessoires. XVIe siècle.

222 — Morion en fer à joues articulées.

223 — Morion en fer, orné d'une fleur de lys.

224 — Deux gantelets en fer.

225 — Deux épées : l'une à quillons en forme d'S ; l'autre à corbeille et à quillons droits.

226 — Lame d'épée en fer, de forme très effilée.

227 — Deux hallebardes en fer et une lance.

228 — Esponton et piques. XVIIe siècle.

229 — Flèches et pointes de flèches en fer.

230 — Lances et piques en fer de l'Extrême-Orient.

231 — Étriers et éperons en fer. Sept pièces.

232 — Collection de mors de bride. De différentes époques.

233 — Arquebuse du XVIIe siècle. La crosse et le fût sont sculptés d'ornements, en écailles de poisson et incrustés de plaquettes d'os gravé.

234 — Fusil oriental. La crosse est ornée d'incrustations d'ivoire et de nacre.

235 — Fusil à pierre. A ornements gravés et sculptés, signé : *Weichand in Frankfurt.*

236 — Carabine de chasseur tyrolien. 1815.

237 — Carabine à silex.

238 — Trois canons de fusils.

239 — Épée Louis XV. La poignée, le pommeau et la coquille sont en fer ciselé, repercé et doré.

240 — Sabre de l'époque révolutionnaire. La garde en cuivre découpé, est ornée de la couronne royale et d'ornements. Sur la lame : VIVE LE ROY. VAINCRE OU MOURIR POUR LA NATION. *A appartenu à Santerre.*

241 — Une lance en cuivre, en forme de fleur de lys.

242 — Fusil Gras, modèle 1874.

243 — Chassepot avec sa baïonnette.

244 — Fusil à pierre avec sa baïonnette. De la manufacture royale de Mutzig.

245 — Baïonnette et fer de lance.

246 — Sabre d'officier, avec ceinturon et sabretache en cuir, ornés d'appliques et de boucles en bronze doré ; la plaque de la sabretache représente un aigle aux ailes éployées.

247 — Sabre de cavalerie. Époque de la Restauration.

248 — Huit sabres, modèles divers de 1830 à 1875.

249 — Pistolets à silex.

250 — Paire de pistolets de combat.

251 — Deux revolvers, dont un à douze coups.

252 — Statuette en bois sculpté, représentant le Christ assis et attaché. xvᵉ siècle.

253 — Groupe en bois sculpté, à nombreux personnages. xvᵉ siècle.

254 — Statuette de saint personnage assis et bénissant. Bois sculpté. xvıᵉ siècle.

255 — Statuette en haut-relief d'homme debout,
tenant une bourse. Bois sculpté. xvi⁰ siècle.

256 — Statuette-applique de saint personnage. Bois
sculpté. xvi⁰ siècle.

257 — Statuette de saint personnage assis, mitré,
tenant une crosse et un livre. Bois polychrome.
xvii⁰ siècle.

258 — Deux statuettes en bois sculpté, représentant des saints personnages debout. xvii⁰ siècle.

259 — Une statuette de saint Pierre en bois poly-
chromé. xvii⁰ siècle.

260 — Applique en bois sculpté représentant :
Sainte Madeleine. xvi⁰ siècle.

261 — Statuette de christ, debout, les bras croisés,
bois sculpté du xvi⁰ siècle.

262 — Tête de saint personnage, pierre sculptée.
xv⁰ siècle.

263 — Bénitier en pierre.

264 — Deux bénitiers en pierre sculptée.

265 — Mortier en pierre sculptée. xv⁰ siècle.

266 — Plaque ronde en ancienne faïence de Cas
telli : Caïn tuant son frère Abel.

267 à 270 — Vases à pharmacie en faïence blanche,
à décor bleu; lot d'assiettes et de plats en
faïences diverses.

271 — Daubière en terre vernissée jaune, à décor
de fleurs de lys.

272 — Petit bénitier en terre vernissée d'Avignon.

273 — Plats et assiettes en porcelaine et en faïence.

274 — Quatre médaillons en biscuit

275 — Deux cadres en racine de bois, avec cercles
en bronze ciselé et doré, contenant l'un : une
gravure, portrait de Louis XVIII ; l'autre, un
portrait tissé en soie de *Madame, première Fille
de Louis XVI*. Commencement du XIXe siècle.

276 — Table guéridon à plateau circulaire, orné de
médaillons à personnages et d'inscriptions.
Style oriental.

277 — Lustre à six lumières en cuivre gravé. Style
oriental.

278 — Deux fauteuils et deux chaises en bois sculpté
de style gothique, garnis de cuir gaufré.

279 — Vitrine en chêne sculpté à porte et côtés
vitrés, avec cinq tablettes en glace.

Haut., 2 mètres; larg., 1 mètre.

280 — Vitrine en chêne à porte et côtés vitrés, avec quatre tablettes en glace.

Haut., 1 m. 90 cent. ; larg., 80 cent.

281 — Petite armoire en chêne, à porte et côtés vitrés.

Haut., 1 m. 85 cent. ; larg., 95 cent.

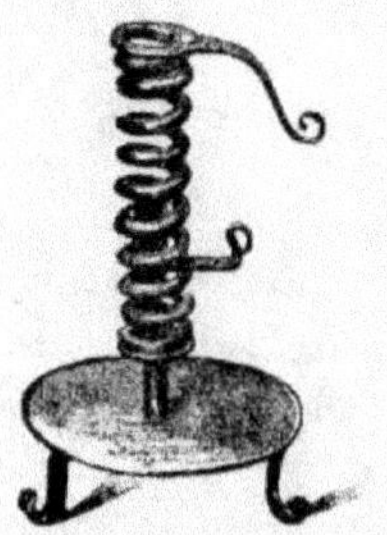

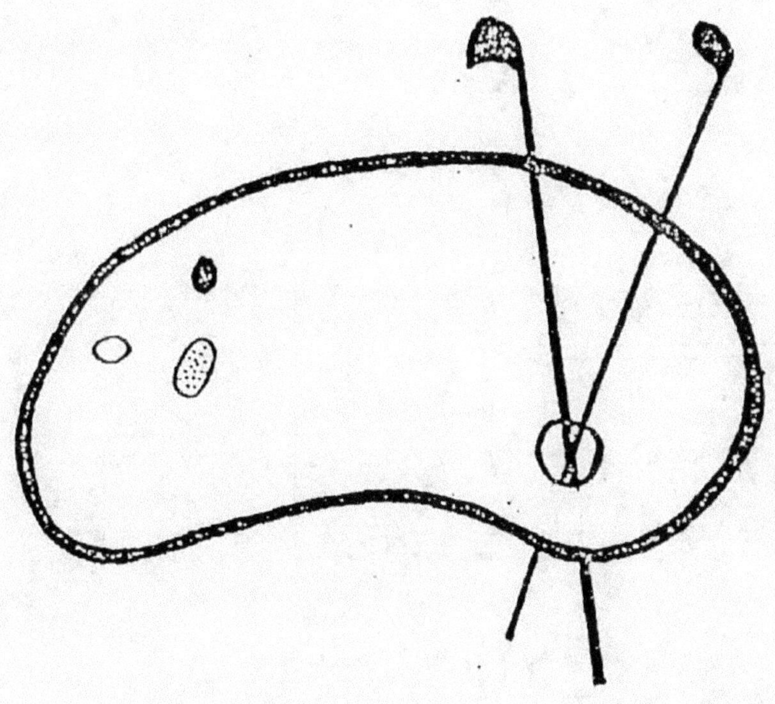

ORIGINAL EN COULEUR

NF Z 43-120-8

RED. : 20

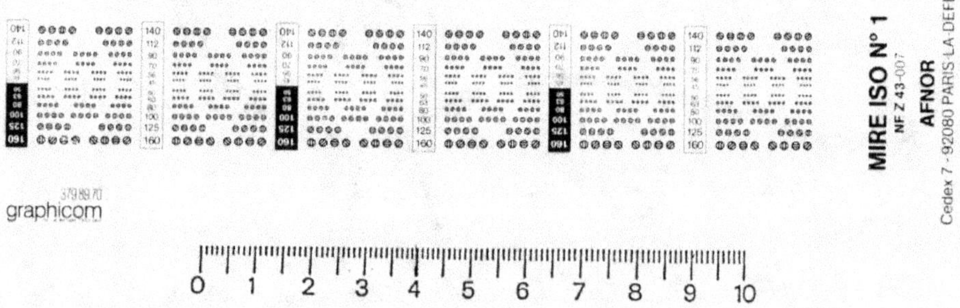

MIRE ISO N° 1
NF Z 43-007
AFNOR
Cedex 7 - 92080 PARIS-LA-DEFENSE
graphicom

BIBLIOTHEQUE NATIONALE DE FRANCE

****

CHATEAU DE SABLE

1996